COLLECTION FOLIO

Erri De Luca

Le poids
du papillon

*Traduit de l'italien
par Danièle Valin*

Gallimard

Titre original :

IL PESO DELLA FARFALLA

© *Giangiacomo Feltrinelli Editore, 2009.*
Publié en accord avec l'agence Susanna Zevi Agenzia Letteraria.
© *Éditions Gallimard, 2011, pour la traduction française.*

Erri De Luca est né à Naples en 1950 et vit aujourd'hui près de Rome. Venu à la littérature « par accident » avec *Pas ici, pas maintenant,* son premier roman mûri à la fin des années quatre-vingt, il est depuis considéré comme l'un des écrivains les plus importants de sa génération, et ses livres sont traduits dans de nombreux pays.

En 2002, il a reçu le prix Femina étranger pour *Montedidio.*

LE POIDS DU PAPILLON

Sa mère avait été abattue par un chasseur. Dans ses narines de petit animal se grava l'odeur de l'homme et de la poudre à fusil.

Orphelin avec sa sœur, sans un troupeau voisin, il apprit tout seul. Adulte, il faisait une taille de plus que les mâles de son espèce. Sa sœur fut emportée par un aigle un jour d'hiver et de nuages. Elle s'aperçut qu'il planait au-dessus d'eux, isolés sur une pâture au sud, là où subsistait un peu d'herbe jaunie. Sa sœur voyait l'aigle même sans son ombre à terre, sous un ciel bouché.

C'était sans issue pour l'un des deux. Sa sœur se mit à courir, donnant l'avantage à l'aigle, et elle fut attrapée.

Resté seul, il grandit sans frein ni compagnie. Quand il fut prêt, il partit à la rencontre de la première harde, défia le mâle dominant et fut vainqueur. Il devint roi en un jour et en duel.

Les chamois ne vont pas jusqu'au bout dans un combat, ils décident du vainqueur aux premiers coups. Ils ne se cognent pas de front comme les bouquetins et les chèvres. Ils penchent la tête vers le sol et tentent de glisser leurs cornes, légèrement recourbées, sous le flanc de l'autre. Si la reddition n'est pas immédiate, ils accrochent le ventre et le déchirent en tirant le cou en arrière. Ils arrivent rarement à cette fin.

Avec lui, ce fut différent, il avait grandi sans règles et il les imposa. Le jour du duel, ils avaient au-dessus d'eux le magnifique ciel de novembre et par terre des mottes de neige fraîche, encore peu abondante. Les femelles sont en chaleur avant l'hiver et mettent bas au milieu du printemps. En novembre, les chamois se défient.

Il entra à l'improviste dans le champ du troupeau, surgissant d'un bond du haut d'un rocher. Les femelles s'enfuirent avec les petits de l'année, le mâle resta et racla furieusement l'herbe de ses sabots antérieurs.

En haut, se massèrent des ailes noires de corneilles et des croassements. Planant dans les courants ascensionnels, elles regardèrent le duel ouvert comme un livre au-dessous d'elles. Le jeune mâle solitaire avança, tapa du sabot par terre et souffla sèchement. Le choc fut violent et bref. Les cornes de l'attaquant s'ouvrirent une brèche dans la défense et sa corne gauche accrocha le ventre de son adversaire. Elle le déchira dans un craquement et plus haut les ailes claquèrent avec fracas. Les oiseaux acclamaient le vaincu qui leur était destiné. Le chamois éventré s'enfuit perdant ses viscères, pourchassé. Les ailes quittèrent le ciel pour descendre à terre les dévorer. La fuite du vaincu se brisa d'un coup, il buta et tomba sur le flanc.

Sur la corne ensanglantée du vainqueur se posèrent des papillons blancs. L'un d'eux y resta pour toujours, pour des générations de papillons, pétale battant au vent sur la tête du roi des chamois durant les saisons d'avril à novembre.

Ce matin de novembre, il se réveilla fatigué. Depuis bien des années, il dominait son territoire et nul ne l'avait jamais défié. Ses fils avaient grandi en compagnie de leurs mères et ne connaissaient pas son âpreté. Avec lui, les duels n'existaient pas. Une fois grands, les mâles s'exilaient en quête d'autres troupeaux.

La paix régna dans leur royaume, on mourait chassé par l'homme et par l'aigle. Les chamois payaient le prix aux prédateurs du fond de la vallée et du ciel, pour vivre dans ce royaume. L'homme chargeait sa proie sur son dos et l'emportait, l'aigle consommait sur place, puis prenait son élan en descente pour s'envoler.

L'aigle est maladroit à terre. Alourdi par son repas, il a tout du dindon. Il s'en va sur ses pattes courtes et avant de pouvoir s'élever, il touche le sol en rebondissant plusieurs fois. À terre, un aigle repu est vulnérable.

Le roi des chamois en avait tué un sur un haut plateau. Il avait attendu qu'il s'alourdisse et puis il l'avait attaqué. L'aigle n'arrivait pas à prendre de l'altitude, il s'agitait au ras du sol. Le troupeau médusé avait vu de loin leur roi foncer tête baissée sur l'aigle qui s'enfuyait et retombait. D'un coup de sa corne gauche, le roi l'avait transpercé en l'air au moment où il perdait de la hauteur. Il avait sauté sur l'oiseau blessé et l'avait piétiné de ses sabots, le laissant mourant. On n'avait jamais vu ça au royaume des chamois.

Ce matin de novembre, il se réveilla fatigué et sut que c'était la dernière saison de sa suprématie. Ses cornes allaient se rendre face à celles d'un de ses fils plus résolu. Il avait déjà dû en blesser un au ventre, sans aller plus loin, un qui piaffait. Un d'entre eux répandrait ses boyaux sur l'herbe et il ne serait plus qu'une carcasse vaincue et vidée. Il ne devait pas finir ainsi, mieux valait disparaître cet hiver-là, et qu'on ne le retrouve pas.

Il ne dormait pas avec le troupeau, pas même pendant l'automne de l'accouplement. Il avait plusieurs refuges pour la nuit, sous des pins de montagne creux, dans des grottes sur de hauts rochers friables où ni l'homme ni son odeur ne pouvaient monter. Il descendait vers la harde à des heures différentes, avec le brouillard, avant l'aube, après le coucher du soleil. Il ne donnait à personne la chance de le prévoir. À son arrivée, les femelles allaient à sa rencontre et les jeunes mâles pliaient le genou pour s'incliner.

Ce jour de novembre, le roi reconnut son déclin. Son cœur battait à moins de deux cents coups minute, cette poussée qui donne de l'oxygène aux élans en montée et les rend plus légers.

Les sabots des chamois sont les quatre doigts d'un violoniste. Ils vont à l'aveuglette sans se tromper d'un millimètre. Ils giclent sur des à-pics, jongleurs en montée, acrobates en descente, ce sont des artistes de cirque pour le public des montagnes. Les sabots des chamois s'agrippent à l'air. Le cal en forme de coussinet sert de silencieux quand il veut, sinon l'ongle divisé en deux est une castagnette de flamenco. Les sabots des chamois sont quatre as dans la poche d'un tricheur. Avec eux, la pesanteur est une variante du thème, pas une loi.

Il les posa à l'aube dans un brouillard épais à ne pas voir le sol, et les trouva mal assurés. Aussi attendit-il que son cœur pousse ses battements jusqu'à la pointe de ses ongles et que le jour croisse en même temps que les coups. Il ne voulait pas céder, baisser sa corne gauche devant un mâle plus jeune, aux forces seulement plus neuves.

Il flaira l'horizon pour savoir où ne jamais plus revenir, ni se laisser surprendre. Le jour au franc soleil sécha vite le brouillard, un ruisseau de lumière, venant de l'est, parcourait le troupeau qui s'y abreuvait, museaux levés. Ils étaient bien des mètres au-dessous de lui. De son abri à l'ombre, il en vit la force, la quantité, qui supporte les pertes. Ils n'étaient pas courageux, ils étaient nombreux, valeur qui donne de la force aux plus faibles.

C'étaient ses fils, sortis des poussées de ses flancs. Il n'en était pas fier, il avait fait ce que voulait la vie. Ils pouvaient s'exposer en pleine lumière.

Braves femelles qui mettent bas au mois de mai en montant sur les plus hauts pâturages. Elles accouchent dans la solitude, puis elles se mettent en groupe avec d'autres mères. Les petits grandissent dans des jardins d'enfants clôturés par les cieux et les ravins. Leurs cornes servent de bouclier contre les piqués de l'aigle, sans l'aide d'aucun mâle.

Braves femelles, chacune avec un marmot collé à son ombre et à ses mamelles. Le roi les surveillait de loin, heureux de voir naître plus de femelles que de mâles.

L'odeur de l'homme et de son huile lui arriva dans la montée. Elle appartenait à l'assassin de sa mère. C'était lui, il montait pour abattre tout seul des chamois, il cherchait leur roi depuis des années.

Il donna un coup de patte dans une pierre et l'envoya cogner loin au-dessus des éboulis escarpés. Le choc fit rouler une petite salve de cailloux. Au bout de la pente, l'homme se tourna pour la repérer plus haut, pour remonter à la bête qui l'avait déclenchée. Il regarda du mauvais côté. Dans l'ombre, le roi des chamois se moquait de lui depuis des années.

L'homme en avait tué plus de trois cents. Il visait en haut de la cuisse, un endroit qui abattait l'animal sans abîmer sa fourrure. Il le vidait sur place, puis chargeait sur son dos la carcasse allégée. Un chamois mâle adulte pèse entre quarante et soixante kilos maximum. Le roi, hors gabarit, était sûrement plus lourd.

L'homme vendait la peau aux tanneurs, la viande aux restaurants qui l'achetaient sous le manteau. Il montait souvent en novembre quand les mâles se battent et que la barbe de la maturité pousse sur leur dos jusqu'à trente centimètres.

L'hiver, il chassait pour les tables des skieurs, l'été pour l'appétit des randonneurs et des alpinistes, mais en novembre pour le trophée de la crinière dorsale qui, à elle seule, valait le reste du chamois. Il cherchait leur roi depuis des années, il reconnaissait qu'il n'en avait jamais rencontré de semblable.

Bête assassine, l'homme qui abattait les fils du roi des chamois de loin, bête qui grouillait dans la vallée et grondait comme le tonnerre quand il faisait beau. Bête solitaire, celle qui montait vers eux pour les surprendre, les emporter. Même ainsi, les chamois le préféraient à l'aigle, qui arrive par surprise sans s'annoncer par l'odeur, les jours de nuages et de brouillard, et qui pousse les petits dans le vide pour les dévorer en bas, fracassés. Mieux vaut l'homme, qu'on sent de loin et qui fait fuir l'aigle. Les chamois s'aperçoivent toujours de sa présence.

L'homme avait déjà un certain âge, une grande partie de sa vie à monter braconner en montagne. Il s'était retiré pour faire ce métier après une jeunesse passée dans la ville avec les révolutionnaires, jusqu'à la débandade.

Pendant une période du siècle dernier, la

jeunesse s'était donné une loi différente de celle qui existait. Elle avait cessé d'apprendre des adultes, aboli la patience. En montagne, elle grimpait sur des cimes nouvelles, en plaine elle se donnait des noms de bataille. Elle voulait être une primeur de temps opposés, déclarait fausse toute monnaie. Elle n'avait pas droit à l'amour, bien peu d'entre eux eurent des enfants pendant les années révolutionnaires. On n'a plus jamais vu une jeunesse s'acharner à ce point pour renverser son assiette. Une assiette à l'envers ne contient presque rien, mais elle a une base plus large, elle est plus stable.

Il s'était retiré dans les montagnes de sa naissance et avait recommencé à braconner. Il avait vécu dans des cabanes de bergers abandonnées, des bivouacs d'alpinistes. Puis, quelqu'un lui avait cédé un abri en pierre tout en haut d'un bois et il l'avait adapté à ses besoins. Il était composé d'une seule pièce, du feu et de l'eau. Le seul confort : une double fenêtre au milieu de laquelle il mettait de la mousse qui absorbe le vent. Il chargeait les chamois sur son dos, les abattant du haut de rochers effrayants à voir, le long de sentiers invisibles foulés par leurs légers sabots, juste une trace au crayon au-dessus des précipices. Il avait peu de rapports avec le village voisin, mais il connaissait tout le monde, ce qui le protégeait tout de même. Chaque village a son saint et son bandit. Il n'était pas sous mandat d'arrêt, il était braconnier, mais aucun garde-chasse n'avait réussi à le cueillir sur le fait.

Il arpentait les montagnes avec un 300 Magnum et une balle de onze grammes. Il ne laissait pas l'animal blessé, il l'abattait d'un seul coup. Il savait arriver du côté du vent, il restait sans bouger pendant des heures dans le froid glacial, il montait, descendait, escaladait avec agilité.

Ce jour de novembre, il se leva les jambes lourdes, au réveil il sentait déjà le poids d'une fin de journée. Ce fut le soleil qui le poussa à prendre son sac. Son arme était près de son lit depuis la veille, celui qui vit seul doit savoir se tenir prêt. Il sortit, le café tout fumant dans la tête.

La veille au soir, le vin avait coulé au bistrot du village dans une effervescence de gens venus le saluer. On fêtait l'anniversaire d'une de ses escalades qui avait fait beaucoup parler ses admirateurs vingt ans plus tôt.

Pour lui, l'alpinisme était une technique au service de la chasse, un moyen d'arriver là où d'autres étaient incapables d'aller. À ses débuts, il y avait d'autres braconniers, mais ils avaient tous disparu : ils avaient abandonné ou bien étaient trop âgés.

Vingt ans plus tôt, il avait escaladé un versant encore impossible pour surprendre par en haut une harde de chamois, inaccessible par le meilleur côté parce que trop à découvert. Il avait grimpé tout seul, le fusil à l'épaule, sur la paroi vierge. Il était descendu par le versant opposé, un chamois sur le dos.

Au village, après avoir vendu la viande, il avait rencontré des alpinistes venus d'autres régions qui se préparaient à ouvrir la première voie sur cette face. Il dit qu'il l'escaladerait avant eux, le lendemain, tout seul et sans cordes, sans protections. Ils parièrent le contraire et misèrent une belle somme. Le lendemain, il refit l'escalade sous leur nez en l'air, sans l'entrave du fusil et du sac. Pour eux, c'était un exploit sans égal, pour lui une astuce lui évitant d'être flairé par les chamois. La grandeur des exploits consiste à avoir tout autre chose en tête.

Le pari gagné, il n'avait pas voulu toucher la mise, en leur révélant qu'il avait déjà escaladé la paroi. Il gagnait sa vie avec les chamois, pas avec les alpinistes.

Ce soir-là, il avait joué de l'harmonica pour l'assistance. C'était sa façon de rester avec les autres sans répondre aux questions.

Ce jour de novembre était brillant, un jour fait pour ceux qui sont jeunes et rayonnent de toutes leurs énergies. Il se remémorait leur parfum de cuir nourri et de première neige. Maintenant, il volait ses énergies à l'air, il les absorbait par le feu, il les protégeait du vent. Il était un morceau de pain sec à frotter avec le hareng pendu à la poutre, pour lui redonner du goût.

Ce jour-là, le lubrifiant de son fusil l'incommodait. Il ne voulait pas le camoufler en l'enveloppant dans sa housse enduite d'excréments de chamois, pour tromper leur flair prophétique. À plusieurs centaines de mètres de distance, ils lèvent leur museau, aspirent l'air par une narine à la fois, une drôle de grimace moqueuse : repéré, le chasseur.

Le soleil de novembre couvrait tout alentour d'une odeur d'homme, une graisse rance que même les crottes de chamois ne pouvaient camoufler. L'air de novembre dénonce l'homme à toute la montagne.

Il sortit, une allure endurcie accompagnait ses pas, sa douleur au genou le prévenait du changement de saison. La neige, celle qui se fixe, allait arriver. La fumée du café se mêla aux derniers champignons du bois. Il n'allait pas les cueillir, il les ignorait. Il devait monter à 2 300 mètres en tournant à mi-montagne. Il était fatigué. Un mois plus tôt, il avait abattu son trois cent sixième chamois. C'était un mâle robuste, blessé par une entaille au ventre. Elle n'était pas profonde, le coup n'avait pas atteint le paquet de boyaux. Le roi des chamois était sûrement encore le chef du royaume pour avoir battu un mâle aussi fort. Il l'avait vu deux fois avec ses jumelles : deux cornes, les plus belles qui aient jamais poussé sur une tête, et une barbe sur le dos dressée en l'air comme la queue d'un coq. Cette blessure au ventre lui avait appris que le roi était encore en vie. Ce devait être sa dernière saison, il ne restait plus assez de temps pour le vaincre. Il disparaîtrait, caché dans un trou pour mourir.

Le roi des chamois : c'était drôle qu'on l'appelle ainsi dans la vallée, lui le chasseur. Il laissait dire, mais il préférait pour lui le titre de voleur de bétail. Il volait au maître de tout, qui laissait faire, mais qui tenait les comptes. Chaque jour pouvait être celui du règlement du solde de la somme totale, même ce jour tiède et rapide de novembre. Il avait vécu aux crochets du maître. Il s'était servi là où il trouvait table mise, sur des à-pics, dans la neige où l'on s'enfonçait jusqu'à la taille, au milieu des rochers pointus et des couloirs creusés par les éboulements.

Il avait suivi des cerfs, des chevreuils, des bouquetins, mais plus de chamois, ces bêtes qui courent à la perfection au-dessus des précipices. Il reconnaissait une pointe d'envie dans cette préférence. Il avançait sur les parois à quatre pattes sans une once de leur grâce, sans l'insouciance du chamois qui laisse aller ses pieds, la tête haute. L'homme pouvait aussi faire des ascensions bien plus difficiles, monter tout droit là où eux devaient faire le tour, mais il était incapable de leur complicité avec la hauteur. Eux vivaient dans son intimité, lui n'était qu'un voleur de passage.

Il avait vu les chamois franchir les précipices en pleine course, l'un derrière l'autre, exécutant une séquence de pas identique dans leur prise d'élan. Leur saut était un raccommodage entre deux bords, un point de suture au-dessus du vide. Il enviait la supériorité de l'animal, il reconnaissait la bassesse du chasseur qui invente un expédient, l'embuscade à distance. Sans la certitude de son infériorité, l'élan pour se mettre à la hauteur fait défaut.

Le pêcheur est différent, il n'envie pas l'habileté du poisson, il ne cherche qu'à la dominer. C'est un prédateur qui capture en masse, il ne suit pas un spécimen unique, comme Achab dans *Moby Dick*. Il ne charge pas la bête sur son dos. Le pêcheur est l'opposé.

Quand il était jeune, il allait braconner avec un vieil homme qui le prenait avec lui comme porteur. Ils remontaient des torrents impétueux au milieu des rochers, il fallait grimper sur des bords qui s'éboulaient, dans des gorges assourdies par le grondement de l'eau.

En haut, vers les sources, se formaient des mares. Le vieil homme y jetait des bouts d'explosif amorcés d'une courte mèche. C'était de la cheddite, une variété de dynamite utilisée dans les carrières de marbre. Il en suintait des gouttes de glycérine qu'il valait mieux ne pas agiter, attention de ne pas tomber avec. Quand on est jeune, on ne pense pas qu'on va tomber, plus tard oui. Le garçon portait l'explosif, l'adulte les détonateurs. Tout l'art consistait à provoquer une explosion à fleur d'eau, pas plus haut, pour ne pas disperser l'onde de choc. Le coup creusait un trou dans la mare, qui se refermait en ramenant toutes les truites à la surface.

La première fois, il s'était fait attraper : « Espèce d'idiot, pour les poissons il faut un panier-réserve qui laisse passer l'eau et pas un sac à dos. »

Vider les fleuves à la dynamite n'était pas un métier pour lui. Des années durant, plus rien n'y poussait.

Le roi des chamois : il savait bien à qui revenait ce titre. Le vrai avait été meilleur que lui, plus fort et plus précis. Lui était un roi des chamois juste bon pour les hommes.

Ce jour-là, il s'appuyait sur une canne en bois de charme pour supporter la marche. L'air montait, tiède, faisant flotter les ailes immobiles et apportant une odeur d'homme droit dans les narines des chamois. Il devait s'en approcher en montant plus haut qu'eux.

Les bêtes l'avaient senti, elles savaient qu'il était là et savaient aussi qu'elles se trouvaient dans une pâture à découvert, difficile d'accès. Si l'odeur s'intensifiait, elles s'égailleraient vers le sommet.

Elles engraissaient pour supporter l'hiver, elles stockaient dans leurs flancs les calories de la résistance. Leur pelage noircissait, brillant, rembourré, en novembre elles étaient au mieux de leurs sens.

La harde savait qu'un jour comme celui-ci, le roi ne venait jamais lui rendre visite, pas avant qu'il fasse nuit. Les mâles faisaient mine de mesurer leur force sans parvenir au degré du duel. L'un d'eux réussit à monter en cachette une femelle à ses premières chaleurs. Son odeur titillait leurs narines. Sur leur dos, près du cou, une glande sexuelle sécrétait une odeur d'amande.

L'homme franchit deux cents mètres d'air au-dessous du troupeau. Il ne pouvait le voir, à tant de sauts de roche plus haut. Aucun sens ne lui donnait la certitude qu'il y était. L'espèce humaine est dotée de bien peu de sens. Elle les améliore grâce au résumé de l'intelligence. Le cerveau de l'homme est un ruminant, il remâche les informations des sens, les combine en probabilités. L'homme est ainsi capable de préméditer le temps, de le projeter. C'est aussi sa damnation, car il en retire la certitude de mourir. Ce jour de novembre, l'homme savait qu'il frôlait le terme. Il suivait peut-être le troupeau pour la dernière ou l'avant-dernière fois. L'homme ne supporte pas la fin, une fois qu'il la connaît il pense à autre chose, il espère s'être trompé dans ses prévisions.

Il était normal pour lui de finir dans les rochers, comme un roi des chamois, mais un roitelet. Il sourit, car il savait souffler le cri de l'oiseau dans son harmonica.

Un des refuges du roi des chamois se trouvait sous un pin mugho, qu'il avait lui-même creusé de ses cornes et de ses pattes. C'était un talent inconnu du troupeau, qu'il avait acquis pour se cacher. Son espèce savait gratter la neige à l'aide des sabots pour chercher un peu d'herbe fanée. Lui avait appris à remuer la terre.

La première fois, il s'était glissé sous un pin pour échapper à l'odeur d'un homme tout près. Quand il était passé, il avait déplacé des cailloux avec ses pattes pour se creuser un bon abri. Sous le toit des branches, il levait son museau la nuit vers la voûte du ciel, un pierrier de cailloux lumineux. De ses grands yeux et le souffle fumant, il fixait les constellations, où les hommes voient des silhouettes d'animaux, l'aigle, l'ourse, le scorpion, le taureau.

Lui y voyait des brisures d'éclairs et les flocons de neige sur le pelage noir de sa mère, le jour où il avait fui loin d'elle avec sa sœur, loin de son corps abattu.

L'été, les étoiles tombaient comme des miettes, brûlaient en vol pour s'éteindre dans les champs. Alors, il s'approchait de celles qui étaient tombées près de lui pour les lécher. Le roi goûtait le sel des étoiles.

Il gardait ses expériences pour lui. Ayant grandi sans troupeau, il ne savait pas transmettre. Il pouvait répandre dans sa descendance sa force et sa taille imposante, rien d'autre. Sa puissance venait de deux aliments différents : il creusait pour mordre les racines, et puis il avait appris à manger la touffe sommitale des mélèzes et des sapins. Il cherchait dans les endroits inconnus à son espèce, sous terre et en hauteur. Les chamois mangent ce qui est à la portée de leur museau, lui avait trouvé autre chose. La touffe du sommet des arbres : il n'avait pas un cou de girafe pour les atteindre. Il avait appris à suivre à distance les bûcherons. Ils coupaient la plante, débarrassaient le tronc des branches latérales et laissaient la pointe. Car le sommet de l'arbre sentait la fin de la lymphe et suçait toute celle du tronc, qui séchait plus vite ainsi.

Le roi des chamois allait manger la touffe du sommet qui contenait l'ultime concentré de vie de l'arbre.

Dans chaque espèce, ce sont les solitaires qui tentent de nouvelles expériences. Ils forment un quota expérimental qui va à la dérive. Derrière eux, se referme la trace ouverte.

Il allait aussi dans les bois, détachait de ses lèvres les fleurs violettes et les jaunes qui séduisent les abeilles. Il aimait la raiponce qui fleurit sur les parois à pic, se contentant d'un ongle de terre. Sur sa corne gauche s'agitaient, tels de petits drapeaux, les ailes d'un papillon blanc.

Tandis que le jour passait de l'est au sud, le sang du roi réchauffa les ongles de ses sabots. Il en éprouva l'équilibre en soulevant ses pattes antérieures, restant sur celles de derrière, position peu commode pour une bête pourvue de quatre appuis.

L'espèce humaine avait libéré ses mains, en se dressant sur ses pieds, mais elle avait perdu en rapidité. Dans l'escalade, elle se retrouvait à quatre pattes, mais en analphabète. Le roi des chamois reposa ses pattes antérieures à terre. Sa fatigue dépendait du cœur, non pas des quatre leviers prodigieux. Il sortit de sa tanière au creux du pin en sentant l'odeur de l'homme monter avec les courants ascensionnels, odeur de l'assassin de sa mère et des siens.

L'homme contourna une moitié de la montagne, puis il escalada une fissure qui s'élargissait jusqu'à laisser passer le corps tout entier. Elle devenait aussi large qu'un conduit de cheminée et le souffle dans l'ombre sortait en vapeur. Dans son ascension, il dépassa le niveau du troupeau, continua jusqu'à une petite terrasse. De là, un étroit sentier longeait la paroi. Il le parcourut et finit par apercevoir plus bas le pâturage des chamois. Son odeur se dégageait vers le haut, loin de leurs muqueuses.

Le roi n'était pas là. Impossible qu'il soit là par un jour de visée si facile. La paroi était au soleil, l'air montait d'en bas avec une poussée d'ascenseur. Des ailes noires se laissaient soulever jusqu'au sommet.

L'homme s'allongea sur les cailloux audessus du précipice, il tendit son cou au-delà du bord, renifla l'air que respiraient les chamois.

Il fut surpris de sentir le parfum d'amande des glandes, venant de si bas. Les sens donnent une dernière acuité dans le temps final de la vie, une flambée. Il le savait et ajouta l'étrange capacité de son odorat aux fatigues de ces derniers jours. Ce n'était pas l'effort qui l'essoufflait, mais un début de fléchissement.

Étendu sur les pierres, il reprenait sa place

de suprématie, il épiait sans être vu. Au-dessus de lui, se perdaient les cris des oiseaux. Ils ne prévenaient sûrement pas les chamois de la présence de l'intrus. Les oiseaux, au-dessus de lui, étaient du côté de la chasse.

Le canon du fusil avait ramassé des fils d'araignées dans les passages. Il les laissa, ils étaient de bon augure, œuvre du plus grand chasseur du monde, qui dessine des pièges dans l'air pour capturer des ailes. L'araignée était une collègue. Dans sa cabane, les fils des toiles d'araignées étaient tendus autour de la fenêtre. Ils brillaient au soleil pour accrocher les vols. Les araignées fixaient des filets avec un centre et attendaient. Les proies viennent à elles. L'homme devait escalader pour aller au centre des proies. L'araignée était le plus fort des chasseurs. Dans sa position encore à l'ombre, l'homme voyait briller au vent un fil de toile d'araignée collée sur le canon de son fusil.

Un papillon blanc alla se poser dessus. Il le chassa d'un léger mouvement, pour l'enlever sans le toucher. Son vol saccadé, en zigzag, était l'opposé de la balle en plomb chargée dans l'obscurité du canon brillant, avec sa ligne droite vers la grosse cible. Un papillon sur un fusil le tourne en dérision. Sa visée est tournée en ridicule par le vol saccadé qui, où qu'il tombe, porte en lui le centre atteint. Là où se pose le papillon, c'est le centre. L'homme le chassa d'un geste lent et d'un souffle de rejet.

Sa vue n'avait nul besoin de lunettes. Il la rinçait dans un torrent qui était tiède même en hiver, qui ne gelait pas à sa source, mais plus bas. Il buvait quelques gorgées et abreuvait aussi ses yeux. Ses dents étaient toutes bien à lui. Il scruta l'horizon, vit le village dans la vallée et crut entendre un tintement de cloche. Il était encore bien entier, mais ses sens aiguisés trahissaient un effondrement. Il sourit, il avait pris rendez-vous l'après-midi avec la femme qui avait su le décider. Il lui avait permis de venir le rejoindre dans sa cabane à l'orée du bois. Ça aussi était le signe d'une fissure.

Considéré comme le dernier braconnier, sa réputation avait grandi alors que les autres se retiraient, vieux et moins vieux. Les gardes-chasse n'arrivaient pas à leurs fins avec lui. Il allait là où eux ne se risquaient pas.

La montagne cache, elle a des ruelles, des greniers, des souterrains, comme la ville de ses années violentes, mais elle est plus secrète. Il avait des cachettes à droite et à gauche, des dépôts avec fusils et cartouches, des abris et des bivouacs invisibles. Il sortait de chez lui avec son arme déclarée, se rendait dans un de ces endroits, changeait d'arme et partait pour sa battue.

Tôt ou tard, un braconnier rencontre un obstacle, est poursuivi par la justice, lui non. L'alpinisme lui avait servi à perfectionner ses voies de fuite. Il montait pour effacer ses traces, un alpinisme à l'opposé de celui des grimpeurs qui laissent des signes de passage, des pierres entassées comme des balises, des clous dans les parois, des croix sur les sommets. Il ne comprenait pas les croix : sans le Christ crucifié, elles étaient une signature d'analphabète, au bas d'un acte de géographie. Sur la pointe Miara du massif de Sella, en revanche, on a accroché un christ en bois de trois mètres. Exposé aux matières, immobile les bras ouverts, il arrête le temps, comme une digue, pour qu'il ne précipite pas tout à la fois dans le vide.

Il connaissait son territoire mieux que tout autre spécimen animal. L'homme est doué pour la géographie, c'est la mesure qu'il apprend le mieux même sans école.

À une époque, il avait partagé la montagne avec un ours. Ils se rencontraient souvent et s'arrêtaient à quelques pas de distance. L'ours flairait l'homme, l'homme regardait par terre, de côté, en haut. Puis, ils se séparaient. L'ours mangeait les viscères des bêtes abattues. L'ours et sa fourrure étaient bons à vendre, mais on ne tue pas un spécimen unique. Puis, l'animal était mort de vieillesse, il avait trouvé sa carcasse dans un bois du versant nord et il l'avait enterrée.

Il rencontrait aussi l'aigle, qui descend récupérer le petit du chamois qu'il a fait tomber. L'aigle qu'on dérange reprend son vol, lent au décollage. Il ne tirait pas sur cette merveilleuse créature. Quand il était jeune, il était allé voler un aiglon dans son nid, dans la vallée on lui en donnait un bon prix. Le nid n'est pas sur les sommets, l'aigle n'est pas fou, il le fait à mi-paroi. Il va chasser plus haut et redescend en portant sa proie capturée.

Quelle puissance dans ses pattes : elles ouvrent la poitrine du chamois et la déchirent pour manger son cœur.

C'est le mois de novembre, l'homme entend tomber le rideau métallique de l'hiver. Dans les nuits où le vent arrache les arbres les plus exposés à leurs racines, la pierre et le bois de la cabane se frottent entre eux et lancent une plainte. Le feu fait claquer des baisers de réconfort. L'âpreté extérieure donne des coups d'épaule, mais la flamme allumée garde unis le bois et la pierre. Tant qu'elle brille dans le noir, la pièce est une forteresse. Et l'harmonica est là aussi pour dominer le bruit de la tempête.

L'hiver, l'homme taille des branches de cerisier sauvage qui pousse dans le fond de la vallée, pour en faire des cannes. L'été, il va les vendre au village. Il grave sur la poignée une tête de cheval, un champignon, un edelweiss. L'écorce du cerisier remplit la pièce d'une odeur de four éteint.

Quand la tempête se calme, elle laisse la neige accroupie sur la cabane comme une poule qui couve. La pendule à la voix de coucou en bois frappe des coups de poussin dans son œuf. Le coucou en bois a la voix de mai, la voix dépaysée d'un prophète dans la ville qui fait la fête.

L'hiver, l'homme doit seulement résister dans sa coquille. Il pense : aucune géométrie n'a calculé la forme de l'œuf. Pour le cercle, la sphère, il existe le *pi* grec, mais pour la figure parfaite de la vie, il n'existe pas de quadrature. Pendant les mois de blanc sur lui et tout autour, l'homme devient visionnaire. Avec le soleil dans ses paupières éblouies, la neige se transforme en bris de verre. Le corps et l'ombre dessinent le pronom « il ». L'homme sur la montagne est une syllabe dans le vocabulaire.

Pendant les nuits de lune, le vent agite le blanc et lance des oies sur la neige, un vieux moyen pour dire qu'à l'extérieur se promènent des fantômes. Il les connaît, à son âge les absents sont plus nombreux que ceux qui sont restés. À sa fenêtre, il regarde passer leur blanc d'oie sur la neige nocturne.

C'est le mois de novembre, devant lui l'hiver à venir, immense à accueillir. Cette année, il a songé à descendre dans la vallée, passer l'hiver au village. C'est la première fois que lui vient cette pensée, dans ses pas en montée. L'homme donne un coup de pied à une petite pomme de pin mugho. Sans lui, la cabane s'écroulerait de mélancolie.

L'homme raconte peu de choses. C'est ce qui pousse les autres à ajouter des détails, en les grossissant. Une journaliste s'était mis en tête de le suivre, de l'épier. Elle avait payé un guide de montagne pour qu'il la conduise sur ses traces. L'homme les détachait facilement de ses pas. Là où ils étaient obligés de s'encorder, lui grimpait en libre, rapidement. Alors, la journaliste s'était manifestée, l'abordant au village où il se ravitaillait. Elle lui avait offert une rétribution. C'étaient les mois d'été. L'homme l'avait écoutée, puis il lui avait répondu : « Je vais réfléchir. »

Il avait perdu l'habitude d'être devant une femme, son nez était gêné par l'odeur parfumée dont les femmes marquent l'air. Des humeurs s'étaient réveillées dans son ventre.

Un homme qui ne fréquente pas de femmes oublie qu'elles ont une volonté supérieure. Un homme ne parvient pas à vouloir autant qu'une femme, il pense à autre chose, il s'interrompt, une femme non. Devant elle, il se sent pressé. Si elle était garde-chasse, il se débrouillerait. Mais une femme est ce fil d'araignée tendu dans un passage, qui se colle aux vêtements et se laisse porter. Elle avait mis sur lui ses pensées et il ne s'en débarrassait pas.

Un homme qui ne fréquente pas de femmes est un homme sans. Il n'est pas un homme un point c'est tout, et rien à ajouter. C'est un homme sans. Il peut l'oublier, mais s'il se retrouve devant une femme, il le sait de nouveau.

« Je vais réfléchir. » C'était vrai, il pensait à cette femme, à sa volonté de lui extorquer une histoire, à lui qui écoutait celles des autres au bistrot et il répondait à la question « Et toi ? » en levant son verre à la santé de l'assistance, pour avaler sa réponse. S'ils insistaient, il sortait son harmonica de sa poche et y soufflait sa musique. Il ne pouvait ajouter son histoire aux leurs. Il avait fait bien pire que tout ce que les autres racontaient. Risques, mésaventures, cruautés, les récits des autres lui disaient qu'il était le plus mauvais. Mais à la femme, il ne pouvait répondre par le souffle de l'harmonica. Il y réfléchissait.

À soixante ans, son corps était bien accordé, compact comme un poing. Et la femme, comment était-elle ? Comme la main ouverte au jeu de la mourre chinoise, la main qui gagne parce qu'elle devient feuille de papier autour de la pierre et l'enveloppe. La femme était la feuille où son histoire finirait emprisonnée. Et la troisième figure de la mourre, les ciseaux ? C'était le chamois, il vaincrait le papier avec ses cornes, qui sait comment.

Il y réfléchissait et reportait. Cet automne-là, il sentit la fatigue dans sa poitrine et ses jambes. Il se décida à lui dire qu'il était prêt. Ils se mirent d'accord au village, elle monterait à sa cabane à 1 900 mètres d'altitude, là où le bois s'éclaircit avant de s'interrompre. Là, au milieu de ses choses muettes, il essaierait de répondre.

La femme réfréna une expression de satisfaction pour la brèche ouverte et lui serra la main, en signe d'accord. La paume refermée sur les doigts n'était pas une feuille de papier. C'était une impudente intimité cachée sous un geste de salut. Pour un homme sans, toucher la main d'une femme, c'est un bond dans le sang. Une femme et un homme ne devraient pas se toucher et faire semblant qu'il s'agit d'autre chose. Le geste de la femme, et c'était elle qui avait cherché sa main, dépassa la limite des corps, déjà un échange entre amants pour lui.

Il regarda sa main et la mit dans sa poche avec l'autre. Ils s'étaient mis d'accord, elle viendrait sans magnétophone. Sur le chemin du retour, il frotta sa main sur un mélèze, non pas pour effacer, mais pour conserver le contact sous résine. C'était pour le lendemain, quand il rentrerait de son tour dans les montagnes. C'était le dernier pas de l'automne, ensuite viendrait la neige et son silence magnifique. Aucun autre silence que celui de la neige sur le toit et sur la terre ne vaut ce nom-là.

Une pierre de fleuve lui sert à briser la forme ronde du pain de seigle, il l'émiette dans du lait. Avec un bout de fromage, c'est là son dîner.

L'hiver est une mâchoire autour de la cabane, dehors il plonge ses pas au-dessus de la cime des arbres. Il va se ravitailler en fromage et en lait dans la dernière ferme restée en altitude. Il faut traverser deux couloirs exposés aux paquets de neige prêts à s'écrouler. Il y va la nuit, quand le froid serre le nœud des avalanches.

Il descend au village si le temps se dégage, une fois par mois pour remplir son sac à dos de pommes de terre, d'oignons, de riz, de lentilles. Il fait le tour des saluts, écoute les discours habituels, les projets pour la route, le téléphérique : ça ira mieux, et qu'en penses-tu, ça ne marchera pas. On lui dit également si quelqu'un est mort, et alors il y a une visite à faire.

Il attend la sortie des enfants de l'école, le nouveau monde, les voix continueront quand son harmonica se taira. La vie sans lui est déjà en chemin. Il remonte à la cabane alors qu'il fait nuit, laissant la trace de ses crampons sur le dallage de la glace. Sa canne en cerisier est munie d'une pointe en fer pour goûter le sol, elle a le son ami des pas d'aveugle.

Avait-il un jour regretté quelque chose ? Ce matin-là, tout en marchant, il cherchait à deviner une question de la femme. Non, et puis on ne répare rien après un tort commis. On peut seulement renoncer à le refaire. Ça lui était arrivé avec les bouquetins, il les chassait autrefois. Il aimait le caractère de ces animaux, plus affectueux que celui des chamois. Dans le troupeau, les bouquetins s'échangent des caresses, des frottements, ils nettoient mutuellement leur pelage. Entre mère et fils, il existe un lien à la vie à la mort.

Il avait cessé de les chasser après ce qui s'était passé. Il avait tiré sur un bouquetin dans le brouillard sans voir que c'était une femelle avec son petit. La bête frappée sur le versant escarpé avait essayé de rester agrippée à la paroi en enfonçant ses pattes incertaines, puis elle était tombée à la renverse, un saut de vingt bons mètres. Le petit avait sauté sans hésitation dans le vide du brouillard derrière sa mère, retombant sur ses pieds. Sa mère avait roulé à nouveau et avait fait un saut encore plus grand. Le petit avait encore volé derrière elle.

Quand l'homme atteignit l'animal tué, le petit était là, un peu tordu sur ses pattes, les yeux grands, calmes, désolés.

Il n'avait pas eu le courage d'éventrer la bête sur place, là, devant son petit, de vider par terre les kilos de viscères pour alléger le poids, il l'avait chargée tout entière sur ses épaules.

Ce fut alors qu'il choisit son titre de voleur de bétail, sous les yeux du maître de tout, grands, calmes, désolés. Il faut regarder dans cette paire-là pour savoir qu'on a été pesé. Il décida que sa chasse aux bouquetins était terminée. On prend des leçons avec les animaux. Elles ne servent pas à réparer, seulement à s'arrêter. Il n'avait pas de remords, il ne pouvait réparer le tort fait, il pouvait renoncer. Les dettes se paient à la fin, une fois pour toutes.

Il avait donné leur juste poids aux hommes. Il repensa au pire commis, pour conclure encore une fois : il fallait le faire. Il revenait sur ce pire pour lui garder sa fraîcheur, lui éviter de sécher. Un homme est ce qu'il a commis. S'il oublie, c'est un verre renversé, du vide enfermé.

Il ne le regrettait pas, car il ne pouvait se jurer jamais plus. Avec les bouquetins oui, il était sûr qu'il ne tirerait plus sur eux. Avec les hommes, le pire était de nouveau possible.

Vieillir et ne pas presser le pas, ne pas s'appuyer à un arbre, à une épaule. Couper la même quantité de bois d'un automne à l'autre. Il avait son tas de l'année précédente, bien sec. Il venait de couper le bois frais à laisser sécher.

Habiter tout en haut du bois suppose la fatigue de remonter cette charge. Il lui en fallait soixante-dix quintaux, coupés, équarris, mis dans la hotte et remontés. Ce mois d'octobre, il avait fait plusieurs voyages pour alléger le poids sur son dos. Il se disait que l'année suivante il commencerait sa provision dès septembre. Les vieux doivent rallonger les temps de travail, alors que les journées raccourcissent en même temps que leurs forces.

Il était essoufflé pendant cette coupe d'octobre. Il s'étendait souvent sur le sol pour regarder au ciel l'ébouriffement enfantin des nuages. Il se mettait à penser que la matière environnante était composée de vie précédente et expirée. Dans les nuages passait le souffle humide des bêtes qu'il avait abattues et d'ancêtres d'hommes. Leur poussière et leurs cendres étaient l'engrais du sol qui le portait.

Quand un homme s'arrête pour regarder les nuages, il voit défiler le temps au-dessus de lui, un vent qui enjambe. Alors, il faut se remettre debout et le rattraper. Il se remettait au travail, débarrassait les troncs des branches latérales, laissant la touffe du sommet. À la fin de la coupe, il était épuisé. La dernière hotte accrocha une petite branche, la cassa et ce peu de poids en plus suffit à le faire vaciller et tomber à genoux.

Chez lui, avec le premier feu allumé, il retrouvait ses forces et la patience de mener le jour à sa finition. Le soir perfectionne l'œuvre brute commencée au réveil, le ciel encore noir. Le soir émousse, polit une dernière fois au papier de verre le jour fait à la main.

Sa vie au gré des saisons était allée avec le monde. Il l'avait gagnée tant de fois, mais elle ne lui appartenait pas. Il fallait la rendre, froissée après avoir été utilisée. Quel était ce créancier indulgent qui la lui avait prêtée neuve et la reprenait usée, à jeter.

Avait-il besoin de croire qu'il existait un contremaître et que le monde était son produit fini ? Il n'en avait pas besoin pour lui parler, pour le croire à l'écoute, mais c'était une pensée qui lui tenait compagnie. S'il existait un maître de tout, il n'aurait pas laissé son bien se gâter, livré aux mains de l'espèce des hommes. S'il existait un maître, il s'était enivré et avait perdu le chemin de sa maison. Il valait mieux qu'il n'existe pas. L'homme prospérait en son absence. Il avait appris le bien et le mal en se servant tout seul. Un maître de tout était impossible, mais cet impossible tenait compagnie. Face au ciel qui, le soir, descendait jusqu'à terre il aimait dire un merci au contremaître.

C'étaient de bonnes pensées devant le feu pour accompagner les bavardages du bois s'effritant dans les flammes, et elles réchauffent le sang. Il laissait monter la tiédeur par ses pieds nus qui avaient un droit de priorité. Le feu dansait une ronde avec le bois en lançant des étincelles sur les dalles de pierre de la pièce.

Au-dessus de la cheminée, le coucou lui rappelait la voix du printemps : il faudrait attendre encore longtemps avant que ne revienne la voix du vrai coucou. Mais ce faux oiseau de toutes les heures imitait bien celui qui se cachait dans les bras des mélèzes. Dehors, un avant-toit canalisait l'eau d'une petite cascade jusqu'à une vasque en pierre devant la porte, qui débordait ensuite. L'eau était pressée de s'en aller, elle ne tenait pas compagnie. Il fit fondre du fromage, ranima une tranche de pain sec sur le feu et vida une petite carafe. Puis il souffla la fin du jour dans son harmonica.

Le lendemain, il rencontrerait la femme et sa volonté. Mais il monterait d'abord viser une bête. Pas une femelle, même si elle est plus légère, fin novembre elles sont pleines. Bien des années plus tôt, il en avait abattu une, avec deux petits sevrés, ce qui l'avait étonné. Elles ne mettent bas qu'un seul fils à la fois et lui avait tué la mère de deux chevreaux.

Le roi des chamois avait appris à ne pas craindre la foudre. Son espèce s'en abrite quand la tempête tombe sur la montagne comme un rideau métallique. Alors, la foudre attaque la roche et lui laisse le blanc de sa morsure. Son groupe s'abritait sous une saillie, le roi non. Il savait que la foudre suit la montagne en descente et se glisse aussi dans le sec des grottes et des cavités. Il avait vu des troupeaux de moutons foudroyés ainsi tous ensemble. L'endroit le plus sûr est à découvert, loin des arbres et des abris. Il restait ainsi, laissant le ciel se déverser sur lui. Au cœur de la bourrasque, il ruminait mieux sa nourriture préférée, les pousses de pin mugho et de genévrier.

Le roi savait que la foudre prévient. Avant de s'abattre, elle prépare un champ électrique dans une zone du sol où passe d'abord un courant qui fait vibrer l'air avec un vrombissement de frelons en vol. Le poil se dresse tout seul, signe qu'on est dans le champ de la foudre. Le roi attendait la friction de l'air électrique sur son corps, l'odeur de métal qui picote sèchement les narines, alors il se déplaçait pour sortir de la zone de cible. Pas tout de suite : le frottement de l'électricité sur son corps faisait gicler les puces hors de sa fourrure. Il se déplaçait à temps vers la hauteur.

La foudre s'abattait devant lui, élevant une fumée d'enclume et de forge.

Le roi aimait voir la montagne tenir étroitement enlacés l'orage et le vent. L'aigle ne vole pas et l'homme ne grimpe pas. La tempête efface les traces des chamois, emporte leur odeur, rend sa pureté à la terre. Le roi restait à découvert jusqu'au dernier grondement.

Si la foudre mettait le feu au bois, il descendait à sa rencontre. Avant de brûler, certains arbres lancent au vent leurs graines dans un ultime don de fertilité. Il allait à leur rencontre, croisant en descente les chevreuils et les cerfs qui montaient à l'aveuglette, glissant sur les rochers trempés. Loin dans la vallée, l'eau déversée par les nuages se jetait dans une course chaotique avec les pierres et les troncs. C'était la queue d'arc-en-ciel de l'orage en déroute. Sur sa corne gauche revenait se poser un papillon blanc.

Dans l'Écriture sainte, il existe la formule : vêtu de vent d'Elohìm. Elle concerne un homme touché par une prophétie à transmettre. Personne d'autre que lui ne sait de quel vêtement il s'agit. Le roi des chamois était vêtu de vent. Dans la tempête, il se laissait envelopper par les rafales, c'était son manteau. Son pelage brillait, gonflé par l'explosion des éclairs, le roi fermait les yeux et se laissait étreindre par l'air déchaîné. Il était en sûreté là où toutes les autres créatures sentent une menace. Il était en alliance avec le vent, son cœur battait, léger, se chargeant de l'énergie lancée par le ciel sur la terre.

Ce jour de novembre et de fatigue, le roi flaira la neige toute proche, derrière la courbe rapide du jour de soleil. Il flaira la neige amie qui pousserait son espèce à se pelotonner dans les tanières de glace. Le soleil faisait son tour d'adieu sur les hauts pâturages, le troupeau de chamois était nerveux. Il avait flairé l'homme, puis l'avait perdu. Les mâles ne broutaient pas, ils bondissaient dans des courses saccadées pour voler une odeur à l'air immobile. Ils soufflaient leur respiration comprimée dans un sifflement. On aurait dit de brefs défis interrompus, sans victoire, qui ne leur appartenait pas.

En octobre et en novembre, les mâles s'approchent des femelles et se battent pour établir un classement. Les mâles en sortent affaiblis par la fièvre des combats, perdant la graisse utile pour affronter le violent hiver des sommets. Il n'y avait pas de duels dans le groupe du roi, les mâles adultes attendaient que le roi finisse de couvrir toutes les femelles, puis c'était leur tour. L'un d'entre eux prendrait sa place, ils savaient que c'était la dernière saison de suprématie de leur maître. Quelque part, le roi surveillait. Plus haut, l'homme couché sur les pierres, son fusil près de lui, attendait que sa cible monte. Il visait le plus grand mâle pour le trophée de la barbe et des cornes. La viande de l'animal en chaleur était immangeable.

L'homme avait assisté aux duels de chamois d'autres hardes. Il admirait leur loyauté, jamais deux contre un. Il portait dans son flanc l'entaille d'un couteau perfide, un coup donné par un de ceux qui l'avaient agressé. Les hommes ont inventé des codes minutieux, mais à la première occasion, ils s'entre-déchirent sans loi. Il avait reprisé sa chemise, l'entaille avait été recousue par un infirmier, sans passer par un hôpital. C'étaient des temps privés de justice. Ils en exerçaient une à appliquer au jour le jour, entre les guet-apens qu'ils subissaient et ceux qu'ils tendaient.

« Des yeux de faucille », il avait entendu quelqu'un adresser ce compliment à une femme. De l'acier poli par l'affûtage, telle était la matière des yeux de la femme. Elle savait l'attraction que son corps éveillait chez un homme. Combien avaient défilé pour obtenir un regard, combien s'étaient flattés de parvenir jusqu'à ses yeux. De sa jeunesse agitée, l'homme se rappelait la maladresse de ceux qui cherchent à se faire remarquer par une femme. Prendre un risque dans une bagarre pouvait servir une réputation, une voix forte, une réplique dure pouvaient trancher dans une tablée. Devant les femmes, les mâles se rengorgeaient comme des pigeons. Les hommes dérapaient devant les femmes, entre aumône et fanfaronnade.

Lui se contractait pour résister à cette exhibition. Alors, il avait rencontré des femmes qui l'avaient voulu et pris comme un caillou par terre. Oui, on l'avait ramassé quelquefois. Puis, il y avait eu la débandade, la montagne, la cabane en haut du bois où aucune n'était montée.

À la dernière qui venait chez lui, il avait vu faire le geste de rejeter ses cheveux raides derrière son dos. Comme un mouvement d'ennui qui éloigne, mais aussi comme une demande de caresse sur les cheveux. Les femmes font des gestes de coquillage, qui s'ouvre pour expulser comme pour attirer à l'intérieur.

Lors de cette rencontre au village, il avait évité ses yeux, son visage. Il était resté les mains croisées, le regard posé dessus. La femme voyait qu'il se refusait à toute attraction. Elle ne savait pas si c'était facile ou non pour lui. C'était une résistance à ne pas forcer par la séduction. « Mon parfum vous dérange ? — Je répondrai à vos questions en une seule fois, pas maintenant. » Il le dit en essayant de ne pas être désagréable, d'une voix basse que la femme eut du mal à comprendre. L'homme vit qu'elle n'avait pas bien entendu et qu'elle ne demandait pas « Pardon ? ». Le « Pardon ? Qu'avez-vous dit ? » l'aurait fait reculer et il l'aurait laissée là.

La femme resta perplexe le temps de goûter une gorgée, un geste qu'elle fit bien.

Elle l'observa un moment, puis elle eut envie de dire : « Vous avez le visage d'une chaussure en cuir qui a longtemps marché et qui s'est adaptée au pied comme un gant. »

Il ne réagit pas, mais il avala sa salive. Il pouvait le cacher en buvant une gorgée, mais il ne voulut pas et déglutit à sec. Il détourna les yeux de ses mains et regarda la fenêtre derrière la femme. Un tuyau d'eau se jetait d'un rocher dans le lointain, une ligne blanche sur une page noire, le bruit ne parvenait pas jusqu'à eux.

La femme se retourna pour voir elle aussi le point qu'il fixait. Elle lui offrit ainsi sa nuque, un rideau de cheveux défaits tombés raides sur son dos en sautant la courbe de son cou. Comme le vol de l'eau sur le rocher, ils tombaient sans bruit.

La femme se tourna de nouveau vers lui, une torsion de vis sur la gauche. « Vous regardiez l'eau ? » L'homme plissa légèrement les yeux, les rides aux coins, ébauche de sourire. Il lui avait répondu. C'était une éraflure dans la résistance de sa tension.

Il ne s'était pas marié. À cette pensée, il se voyait, petit bonhomme en pâte d'amandes, vêtu de blanc et noir au sommet d'un gâteau de noces.

Il démêla ses mains, atteignit son verre. Dans sa poitrine monta l'essoufflement de la coupe d'octobre.

Certaines caresses ajoutées à une charge la font vaciller. Il but une gorgée et laissa sa main autour du verre. Si la femme l'effleurait maintenant, sa résistance, la charge et la hotte, s'écroulerait. Elle ne le fit pas. Sa respiration retrouva son allure, il finit son verre, retira sa main et se leva. Il paya son vin, pas celui de la femme, sinon le patron du bistrot en aurait parlé tout l'hiver. Il faut savoir vivre dans un village. Dans un endroit où tout le monde se salue par son prénom, il existe des usages inconnus à la ville.

Il s'était endormi. Allongé à plat ventre sur les cailloux, le fusil à gauche, la tête sur son bras, il avait fermé les yeux tandis qu'il regardait un petit nuage déboucher tout noir d'une montagne d'en face, à l'ouest. Une tache d'encre, pas plus, mais c'était le signe de l'arrivée du changement. Elle avait atterri dans sa pupille et il s'était endormi. À l'intérieur des yeux, le sommeil est une tache d'encre qui s'élargit.

L'enfant commence à connaître sa main droite par le signe de croix. Il apprend à le faire de la bonne main et il sait ainsi que c'est la droite. En montagne, il est important de le savoir vite.

L'homme sait se servir aussi bien des deux mains. Tout petit, il avait appris à faire le signe de croix de la main gauche. Cela tient au fait que les enfants apprennent en miroir. La droite du curé devant lui correspondait à sa main gauche. Le vieil homme mourut et un jeune prêtre monta au village. Il parvint à corriger l'erreur en se signant devant les enfants de la main gauche. Il apprit donc à se servir aussi bien de ses deux mains. Aux croisements des sentiers, il s'orientait en appelant la gauche « première main », et l'autre « seconde main ». Il tirait des deux mains.

Le roi des chamois était au-dessus de lui. Il avait l'odeur de l'homme et son huile dégoûtante dans le nez, qu'il rejetait pour ne pas altérer l'air qu'il respirait. C'était un jour parfait, d'horizon limpide entre un temps échu et un autre inconnu. La fatigue du corps s'unissait à l'adieu de la bonne saison. La neige arrivait de l'occident, encore invisible, et se mêlait à la bonne odeur des femelles en chaleur, qu'il avait couvertes pour obéir à la fertilité. Il se cabrait sur leur dos pour répondre à leur appel, il faisait leur volonté de renouveler la vie et l'espèce, couvant des naissances dans leurs flancs, l'endroit le plus en sûreté et le plus chaud de l'hiver.

Une fois les femelles couvertes une par une, il permettait le défoulement des autres mâles. Mais une des dernières en chaleur lui avait été volée par un de ses fils. C'était un coup qui le jetait à bas du trône avant l'heure, un outrage à laver en duel. Le roi était las de courir et de sauter derrière une canaille de fils adulte. C'était la dernière saison de sa vie, son règne à l'exceptionnelle durée de vingt ans était fini.

Pour l'homme aussi, le temps de la chasse

devait cesser. Dans la nature, la tristesse n'existe pas, l'homme écartait la sienne en pensant que le roi des chamois était en train de mourir lui aussi quelque part sans un souffle de tristesse, sa fierté intacte. L'homme essayait d'être capable. Un hiver, il mourrait lui aussi de faim et de froid, sans arriver à allumer un feu. C'était une bonne fin pour les solitaires, une fin de bougie.

Le roi des chamois sut brusquement que c'était le jour. Les animaux vivent dans le présent comme du vin en bouteille, prêts à sortir. Les animaux savent le temps à temps, quand il est utile de le savoir. Y penser avant est la ruine de l'homme et ne prépare pas à être prêt.

Il regarda en haut pour saluer l'air et se mit à descendre. Les coussinets de ses pattes foulèrent le précipice sans déplacer le plus petit caillou. Son ongle partagé entre le troisième et le quatrième doigt s'ouvrait et s'adaptait aux quelques centimètres d'appui. Ce n'était pas une descente, mais un arpège. Il arriva dix mètres au-dessus de l'homme allongé, le fusil à son côté.

Entre-temps, il s'était réveillé et regardait en bas, là où le troupeau baissait le museau sur la pâture. Le roi des chamois resta immobile, bombant le torse au-dessus du vide, le papillon blanc sur la pointe de sa corne gauche. Une volée d'ailes noires s'abattit du sommet sans un cri. Le roi respira calmement, partagé entre la colère et le dégoût pour l'assassin de sa mère et des siens.

L'homme savait prévoir, croiser l'avenir en conjuguant sens et hypothèses, son jeu préféré. Mais l'homme ne comprend rien au présent. Le présent était le roi au-dessus de lui.

L'homme était un dos facile à piétiner. En sautant sur lui, il pouvait l'expédier tout en bas. Le roi pesait aussi lourd que l'homme, on n'en avait jamais vu de cette taille. La barbe de son dos se redressa en signe de combat. Il agita sa corne en l'air pour libérer le papillon, il tapa sur le rocher de l'ongle de son sabot, un bruit pour que l'homme se retourne. Il ne le voulait pas de dos, mais de face.

L'homme, tel un serpent, se tourna vers son fusil juste à temps pour voir le roi des chamois se précipiter sur lui en deux bonds. Il était force, furie et grâce déchaînées. Un fracas de cris et une foule d'ailes s'élevèrent dans la montagne. Les sabots antérieurs effleurèrent le cou de l'homme, les postérieurs firent voler son chapeau. Le roi avait sauté sur lui en l'effleurant sans une égratignure et il volait tout en bas vers le troupeau qui avait dressé oreilles et museaux.

C'était le vent vêtu de pattes et de cornes, c'était le vent qui déplace les nuages et balaie les étoiles. S'il avait été debout, l'homme se serait jeté par terre pour se retenir, mais déjà au sol s'agripper aux pierres ne lui servait à rien. S'il tombait sur sa poitrine, il le défoncerait avec ses pattes, l'entraînant jusqu'en bas. Le roi avait sauté sur lui sans le toucher, il lui avait coupé le souffle et le soleil le temps de se sentir perdu et de se retrouver indemne.

Il vola en piqué dans la pente, ses ongles cliquetaient sur les pierres en lançant des étincelles tandis que l'homme épaulait son arme du côté gauche et le suivait de son écran de mire. De petites avalanches crépitaient à la suite du roi, une traîne blanche.

De son œil ouvert, il le voyait gicler, insaisissable, déjà hors de portée. Le roi avait gagné encore une fois. Le troupeau voyait courir vers eux leur roi comme une avalanche, en plein jour, au soleil. Ils ne pouvaient pas voir l'homme. Tous les chamois s'arrêtèrent là où ils étaient pour regarder cette singulière nouveauté de leur maître des tempêtes, sorti à découvert à leur rencontre. Le roi ne les rejoignit pas. Il s'arrêta soudain, se cabra sur ses pattes de devant et revint en arrière. Il escalada une pierre pointue, plantée sur un tas de rochers suspendus dans le vide. Et il resta là.

C'était un jour parfait, il ne se battrait plus contre aucun de ses fils et il ne devait pas attendre l'hiver pour mourir.

Il attendit là, sans bouger, bombant le torse, la balle de onze grammes qui traversa son cœur de haut en bas. Il mourut avant d'entendre le fracas de la détonation, un coup de marteau contre la tôle du ciel. Il tomba du haut de la pierre et roula vers les chamois. L'homme vit alors une chose jamais vue jusque-là. Le troupeau ne se dispersa pas en s'enfuyant, il fit lentement le mouvement inverse. D'abord, les femelles, puis les mâles, puis les petits nés au printemps montèrent vers lui, à la rencontre du roi abattu. Un par un, ils penchèrent leur museau sur lui, sans une pensée pour l'homme aux aguets. Ils touchèrent de leurs cornes, d'un léger coup, le dos roux et épais de leur père à tous. Les femelles donnèrent deux coups, les petits frottèrent timidement leurs premiers centimètres sur le manteau hivernal, déjà sombre, de leur patriarche.

Rien n'était plus important pour eux que cet adieu, l'hommage rendu au plus magnifique des chamois qui eût jamais existé. L'homme regardait, l'arme encore sur l'épaule, le corps sur ses coudes. Il baissa son fusil. La bête l'avait épargné, lui non. Il n'avait rien compris de ce présent qui était déjà perdu. C'est à ce moment-là que la chasse prit fin pour lui aussi, il ne tirerait plus jamais sur d'autres animaux.

Le présent est la seule connaissance qui est utile. L'homme ne sait pas vivre dans le présent. Il se leva et descendit lentement vers la bête tuée. Basse au-dessus de lui, une foule d'ailes attendait tandis que venait à sa rencontre de l'occident le front de la neige, précédé par une tache de nuages noirs.

L'homme arriva près du roi, le troupeau était encore là et regardait. La victoire la plus attendue était la sœur jumelle d'une défaite qu'il n'avait encore jamais connue. Il méprisa l'instinct qui l'avait poussé à ajuster son tir. Un crachat monta dans sa gorge et de l'eau dans son nez, tandis que ses yeux s'embuaient. Voleur de vie insoumise, souveraine, laissée sans surveillance sous le soleil du maître de tout. Mais c'était peut-être à lui qu'en revenait la garde, lui qui devenait le voleur. C'était à lui de défendre. Il compta les anneaux des cornes, les années accumulées en cercle. Elles avaient plus de valeur que les siennes, il avait tué un ancien. Un élancement à l'épaule gauche lui rappelait le recul.

Il était à genoux au-dessus du roi des chamois qui regardait dans le lointain, au-delà de lui, de ses yeux habitués au ciel. L'homme se retourna pour regarder dans cette direction, il ne vit que des ailes noires attendant le repas des viscères. Il leur obéit, releva ses manches et ouvrit le ventre du chamois avec son couteau. Il creusa dans la tanière de la vie et la répandit toute chaude et fumante, le cœur en dernier. Son geste répété des centaines de fois couvrit de sang son bras jusqu'au coude.

Il décida de ne pas le laisser là et de ne prendre que la barbe dorsale et les cornes. Même si la chair était inutilisable, il ne voulut pas la laisser au carnage des ailes noires. Seuls les viscères leur revenaient. Le roi des chamois ne devait pas finir les yeux picorés par des croassements. Il décida de le charger sur son dos et de l'emporter quelque part, pour l'enterrer, après avoir pris son trophée. Il ne tirerait plus. Il savait à présent ce qu'il raconterait à la femme.

Il tenta de soulever la bête, jamais une aussi lourde. À genoux, il serra d'abord les deux pattes postérieures et les posa sur une épaule, puis il essaya de lancer le reste du corps sur son dos. Deux coups violents furent nécessaires pour charger la bête, les pattes pendantes sur sa poitrine.

Il prit son fusil et se mit à descendre à pas courts, le souffle écrasé. Le troupeau regardait sans bouger, les oiseaux étaient suspendus en vol les ailes immobiles. Il tourna et ne fut plus en vue, entre les rochers et les pins mugho. La tête magnifique du roi pendait sur une de ses épaules et oscillait.

Une cloche sonna au milieu de ses pas lourds, celle de midi, mais ses coups se perdirent dans l'air. Il s'arrêta, il haletait. Il resta debout pour voir s'il arrivait à reprendre son souffle ou bien s'il devait poser la bête pour récupérer ses forces. Il devait atteindre un névé au nord, où le chamois se conserverait bien. Puis il monterait avec une pelle pour creuser sa fosse.

Il resta debout, la bête sur le dos, pour sentir si son corps se ressaisissait. Un papillon blanc vola à sa rencontre et autour de lui. Il dansa devant les yeux de l'homme dont les paupières s'alourdirent. Les hottes pleines de bois, les animaux portés sur son dos, les prises tenues avec les dernières phalanges de ses doigts : le poids des années sauvages lui apporta sa note sur les ailes d'un papillon blanc. Il regarda le vol en zigzag qui tournait autour de lui. De son épaule pendait la tête renversée du chamois. Le vol alla se poser sur la corne gauche. Cette fois-ci, il ne put le chasser. Ce fut la plume ajoutée au poids des ans, celle qui l'anéantit. Sa respiration s'assombrit, ses jambes se durcirent, le battement des ailes et le battement du sang s'arrêtèrent en même temps. Le poids du papillon avait fini sur son cœur, vide comme un poing fermé. Il s'effondra, le chamois sur le dos, face contre terre.

Un bûcheron les trouva là au printemps, l'un sur l'autre, après un hiver de neige fantastique. Ils étaient encastrés au point de ne pouvoir être séparés qu'à la hache. Il les enterra ensemble. Sur la corne gauche du chamois, la glace avait laissé l'empreinte d'un papillon blanc.

VISITE À UN ARBRE

De la roche, il se penche sur un abîme. Sa souche initiale était sur un bord et fut détruite par la foudre. Alors, la racine a rejeté à l'extérieur, au-dessus du vide, une branche horizontale. Et de là, il est reparti vers la hauteur : l'arbre s'appuie ainsi sur l'air, un coude sur une table.

C'est un pin des Alpes, parent du sapin, mais plus touffu et solitaire, inapte au service de Noël de ses semblables décimés dans les bois des pentes plus faciles. Il vit à 2 200 mètres, avec les derniers troncs qui se risquent en altitude, posés tout tordus sur des versants abrupts, offrant un angle droit au ciel.

Nul ne monte pour le couper, trop dangereux de se pencher sur le vide, il entraînerait le bûcheron avec lui. L'été, il reçoit le premier soleil de 6 heures qui se lève derrière une cime des Fanes. Une fois par an, je monte saluer l'arbre, j'emporte de quoi écrire et je m'assieds à son pied.

À deux mètres de lui, vers l'ouest précisément, pointent au-dessus des pierres quatre étoiles d'argent, un début de constellation. Encore deux mètres plus à l'ouest, un pin mugho accroupi sur le sol étale ses branches en cercle. Une vipère vit à l'intérieur, je l'entends souffler, puis se calmer.

Un arbre solitaire a une clôture invisible, aussi large que son ombre à poser tout autour. Avant d'y entrer, je retire mes sandales. Je m'allonge sous sa lumière.

Le pin des Alpes est capable de se diviser en deux branches principales, impossible pour le sapin et le mélèze. Le tronc de celui qui est là-haut a deux bras levés, parallèles, dont un pour la foudre. Il sait qu'il sert de cible, la hauteur solitaire l'implique. Il est né de la décharge qui a tué le tronc précédent. Le feu du ciel est son deuxième père. Plusieurs paternités se réduisent à des causes, leurs enfants à des effets. La terre est sa mère où il s'attache comme un poulpe de roche.

Quand le nuage s'épaissit, tout gris, qu'il s'ébouriffe autour de la montagne, un courant passe comme un frisson à la surface. Si l'alpiniste se trouve là, il le sent glisser sur lui, une caresse de coton imbibé qu'on frotte sur la peau avant la seringue. La foudre est précédée d'une friction du ciel sur la terre.

Le pin des Alpes connaît le frémissement qui éclaire ses branches d'une auréole. À ce moment, il cesse de respirer, de faire monter la lymphe : il incline ses aiguilles et attend. Il arrive que le nuage se déplace pour décharger ailleurs sa fièvre. L'éclatement sur d'autres rochers est le signe qu'on peut de nouveau respirer.

Entre un arbre et un homme, la conversation tourne autour des histoires de foudre. Je raconte les miennes. Je grimpais déjà depuis plus de mille mètres sur la Tofana de Mezzo. Je vais souvent seul, je suis de l'espèce du pin des Alpes, et pas de celle du sapin.

Les nuages s'amoncelaient autour de la montagne, je montais à l'intérieur. J'aime me trouver ainsi, plutôt qu'à ciel dégagé. Ils ajoutent un silence comprimé, ils épaississent la solitude. La solitude est un blanc d'œuf, la meilleure partie. Pour l'écriture, c'est une protéine.

Le nuage collé à la Tofana commença à s'émietter en grêle. La solitude qui rend les pas agiles cessa. Les prises à saisir se couvrirent d'un granité blanc, les appuis de mes sandales étaient bien assurés pour ne pas glisser.

Il faut des doigts rapides sur la grêle, s'ils s'attardent à évaluer la prise ils perdent leur sensibilité. Les gants sont inutiles, il faut le contact des phalanges pour donner un peu de précision à des gestes qui ne peuvent se tromper.

Le pin des Alpes connaît ces choses-là, il porte la neige et la cristallerie de la glace sur ses aiguilles. Il n'héberge pas de nids, pas à cette altitude.

Je montais dans le nuage et la grêle redoublait. Un passage un peu abrupt, facile par temps sec, me donna une poussée de colin-maillard. J'essayai de regarder vers le haut, mais le grondement dans les yeux me les ferma. Je pris mon élan et posai un genou sur une petite terrasse glissante. C'était un geste gauche qui déplut au pin des Alpes. L'élégance de mouvements est une nécessité pour lui. Un arbre n'est jamais maladroit, même quand il s'écroule sous le fer du bûcheron.

À partir de là, sa vie est une vie de bois, il voyage loin, vers les scieries, il devient maison, bateau, guitare, manche, sculpture. Il sera élégant même tombé dans les mains d'un assassin. À partir de là, il est promis à la cendre.

Je lui dis que nous serons bientôt tous les deux des ouvriers de Babel, licenciés par l'entreprise. Mais si on nous interroge, nous dirons que nous avons vu l'œuvre achevée. Notre tour dans les airs aura été entière.

Vers la cime de la Tofana, cent mètres plus bas, le plastique de ma veste fait du bruit, s'agite, grésille. Le courant électrique qui précède la foudre se répand à la surface de la roche mouillée. Je suis dans le champ de la décharge, qui crépite, qui vibre. La montagne prévient qu'il faut ficher le camp. Vers où, elle ne peut me le dire.

Dans ces moments-là, j'ai envie de pencher la tête sur ma poitrine, de courber le dos et de partir en biais. Le pin des Alpes remue sa cime, il sait que baisser la tête ne sert à rien. La foudre n'est pas une chauve-souris qui s'accroche aux cheveux. Elle cherche le fer qui est dans le sang.

Il faut au contraire se raidir et se coller au sol. Si elle ne tombe pas dessus, il suffit que ce soit tout près, pour produire un appel d'air, si fort qu'il soulève et projette à terre. Dans le champ de la foudre, le pin des Alpes penche ses aiguilles mais pas la pousse plus haute, qu'on appelle bougie dans la vallée.

Moi, en revanche, je me suis écarté comme un soldat sous le tir ennemi. Le coup de massue de la foudre a explosé dans mon dos sur la roche, mille fois un forgeron sur l'enclume. J'ai vu sa flamme par-derrière, par la nuque. L'éclatement était celui d'une grenade tombée dans une cour, mais ça, le pin des Alpes ne peut le savoir, il ne connaît ni les grenades ni les cours. C'est pourquoi je ne le lui ai pas dit.

La foudre ne m'a pas projeté à terre, mais l'espace d'une seconde j'ai perdu le contact avec le sol. Je suis resté cloué là où j'étais, pieds et mains glissés dans le blanc granuleux de la grêle.

Ça, le pin des Alpes le sait, après la décharge on reste immobiles, la lymphe attend pour repartir, les branches font l'appel pour se compter et les racines demandent aux feuilles si le feu a pris quelque part.

Le froid dans mes doigts m'a remis debout et j'ai continué à grimper. La bringue de la grêle battait son plein, les pas crissaient, je balayais les prises. C'est une étreinte de ciel et de terre, les extrémités exposées se touchent. C'est une étreinte nuptiale. Celui qui se trouve là s'excuse de s'être glissé dans leur intimité. Tout autour, la foudre monte la garde et chasse les intrus sous le fouet de leur lumière.

La grêle donnait des coups de baguette sur le dos de mes mains qui cherchaient la roche. J'étais arrivé à dix mètres du sommet, je voyais sa croix paratonnerre. Elle serait bien utile au pin des Alpes, alors qu'on les place toutes sur les cimes, là où il n'y a aucun arbre à protéger. J'ai vu la croix, terme d'ascension pour qui va à travers monts, terme de descente sur terre de la vie racontée par les Évangiles.

L'élan d'alpiniste me fait grimper encore pour l'atteindre, terminer mes pas, mais le plastique que j'ai sur moi se remet à grésiller, je suis de nouveau dans le champ de la foudre. Tout autour, la surface grogne son avertissement et alors je m'excuse, je me recroqueville et loin d'ici en vitesse, la tête basse vers un abri sec, où la respiration lance sa vapeur, contente de s'élever.

J'ai fini mon histoire, entre-temps le pin des Alpes a déplacé son ombre. À l'heure du coucher de soleil, il imprime sa forme sur la roche d'en face, aussi nette que sur de la neige fraîche. Les arbres de montagne écrivent dans l'air des histoires qui se lisent quand on est allongé dessous.

J'attends la première obscurité, qui efface l'ombre de la roche d'en face. Dès qu'elle est partie, la première étoile pointe au-dessus des Fanes et les degrés de tiédeur descendent joyeux et rapides de l'échelle. Je me décide à me lever quand le début du soir picote mon nez. L'hôte d'un arbre doit disparaître à l'heure où les ombres se retirent.

En montagne, il existe des arbres héros,

plantés au-dessus du vide, des médailles sur la poitrine des précipices. Tous les étés, je monte rendre visite à l'un d'entre eux. Avant de partir, je monte à cheval sur son bras au-dessus du vide. L'air libre sur des centaines de mètres vient chatouiller mes pieds nus. Je l'embrasse et le remercie de sa durée.

Le poids du papillon 9
Visite à un arbre 71

DU MÊME AUTEUR

Aux Éditions Gallimard

ACIDE, ARC-EN-CIEL (« Folio » n° 5302).
EN HAUT À GAUCHE (« Folio » n° 5491).
PREMIÈRE HEURE (« Folio » n° 5363).
TU, MIO (« Folio » n° 5207).
TROIS CHEVAUX (« Folio » n° 3678).
MONTEDIDIO. Prix Femina étranger 2002 (« Folio » n° 3913).
LE CONTRAIRE DE UN (« Folio » n° 4211).
NOYAU D'OLIVE (« Arcades » n° 77 ; « Folio » n° 4370).
ESSAIS DE RÉPONSE (« Arcades » n° 80).
LE CHANTEUR MUET DES RUES, *en collaboration avec François-Marie Banier.*
AU NOM DE LA MÈRE (« Folio » n° 4884).
COMME UNE LANGUE AU PALAIS (« Arcades » n° 86).
SUR LA TRACE DE NIVES (« Folio » n° 4809).
QUICHOTTE ET LES INVINCIBLES, *spectacle poétique et musical avec Gianmaria Testa et Gabriel Mirabassi,* Hors série DVD.
LE JOUR AVANT LE BONHEUR (« Folio » n° 5362).
LE POIDS DU PAPILLON (« Folio » n° 5505).
ET IL DIT.
ALLER SIMPLE.

Dans la collection « Écoutez lire »

LE CONTRAIRE DE UN (1 CD).

Aux Éditions Rivages

ALZAÏA.
REZ-DE-CHAUSSÉE.

LES COUPS DES SENS.
UN NUAGE COMME TAPIS.

Aux Éditions Verdier

UNE FOIS, UN JOUR (repris sous le titre PAS ICI, PAS MAINTENANT, « Folio » n° 4716 et sous le titre PAS ICI, PAS MAINTENANT / *NON ORA NON QUI*, « Folio Bilingue » n° 164).

COLLECTION FOLIO

Dernières parutions

5235.	Carlos Fuentes	*En bonne compagnie* suivi de *La chatte de ma mère*
5236.	Ernest Hemingway	*Une drôle de traversée*
5237.	Alona Kimhi	*Journal de Berlin*
5238.	Lucrèce	*« L'esprit et l'âme se tiennent étroitement unis »*
5239.	Kenzaburô Ôé	*Seventeen*
5240.	P.G. Wodehouse	*Une partie mixte à trois et autres nouvelles du green*
5241.	Melvin Burgess	*Lady*
5242.	Anne Cherian	*Une bonne épouse indienne*
5244.	Nicolas Fargues	*Le roman de l'été*
5245.	Olivier Germain-Thomas	*La tentation des Indes*
5246.	Joseph Kessel	*Hong-Kong et Macao*
5247.	Albert Memmi	*La libération du Juif*
5248.	Dan O'Brien	*Rites d'automne*
5249.	Redmond O'Hanlon	*Atlantique Nord*
5250.	Arto Paasilinna	*Sang chaud, nerfs d'acier*
5251.	Pierre Péju	*La Diagonale du vide*
5252.	Philip Roth	*Exit le fantôme*
5253.	Hunter S. Thompson	*Hell's Angels*
5254.	Raymond Queneau	*Connaissez-vous Paris?*
5255.	Antoni Casas Ros	*Enigma*
5256.	Louis-Ferdinand Céline	*Lettres à la N.R.F.*
5257.	Marlena de Blasi	*Mille jours à Venise*
5258.	Éric Fottorino	*Je pars demain*
5259.	Ernest Hemingway	*Îles à la dérive*
5260.	Gilles Leroy	*Zola Jackson*
5261.	Amos Oz	*La boîte noire*
5262.	Pascal Quignard	*La barque silencieuse (Dernier royaume, VI)*

5263.	Salman Rushdie	*Est, Ouest*
5264.	Alix de Saint-André	*En avant, route!*
5265.	Gilbert Sinoué	*Le dernier pharaon*
5266.	Tom Wolfe	*Sam et Charlie vont en bateau*
5267.	Tracy Chevalier	*Prodigieuses créatures*
5268.	Yasushi Inoué	*Kôsaku*
5269.	Théophile Gautier	*Histoire du Romantisme*
5270.	Pierre Charras	*Le requiem de Franz*
5271.	Serge Mestre	*La Lumière et l'Oubli*
5272.	Emmanuelle Pagano	*L'absence d'oiseaux d'eau*
5273.	Lucien Suel	*La patience de Mauricette*
5274.	Jean-Noël Pancrazi	*Montecristi*
5275.	Mohammed Aïssaoui	*L'affaire de l'esclave Furcy*
5276.	Thomas Bernhard	*Mes prix littéraires*
5277.	Arnaud Cathrine	*Le journal intime de Benjamin Lorca*
5278.	Herman Melville	*Mardi*
5279.	Catherine Cusset	*New York, journal d'un cycle*
5280.	Didier Daeninckx	*Galadio*
5281.	Valentine Goby	*Des corps en silence*
5282.	Sempé-Goscinny	*La rentrée du Petit Nicolas*
5283.	Jens Christian Grøndahl	*Silence en octobre*
5284.	Alain Jaubert	*D'Alice à Frankenstein (Lumière de l'image, 2)*
5285.	Jean Molla	*Sobibor*
5286.	Irène Némirovsky	*Le malentendu*
5287.	Chuck Palahniuk	*Pygmy* (à paraître)
5288.	J.-B. Pontalis	*En marge des nuits*
5289.	Jean-Christophe Rufin	*Katiba*
5290.	Jean-Jacques Bernard	*Petit éloge du cinéma d'aujourd'hui*
5291.	Jean-Michel Delacomptée	*Petit éloge des amoureux du silence*
5292.	Mathieu Terence	*Petit éloge de la joie*
5293.	Vincent Wackenheim	*Petit éloge de la première fois*
5294.	Richard Bausch	*Téléphone rose* et autres nouvelles

5295.	Collectif	*Ne nous fâchons pas! Ou L'art de se disputer au théâtre*
5296.	Collectif	*Fiasco! Des écrivains en scène*
5297.	Miguel de Unamuno	*Des yeux pour voir*
5298.	Jules Verne	*Une fantaisie du docteur Ox*
5299.	Robert Charles Wilson	*YFL-500*
5300.	Nelly Alard	*Le crieur de nuit*
5301.	Alan Bennett	*La mise à nu des époux Ransome*
5302.	Erri De Luca	*Acide, Arc-en-ciel*
5303.	Philippe Djian	*Incidences*
5304.	Annie Ernaux	*L'écriture comme un couteau*
5305.	Élisabeth Filhol	*La Centrale*
5306.	Tristan Garcia	*Mémoires de la Jungle*
5307.	Kazuo Ishiguro	*Nocturnes. Cinq nouvelles de musique au crépuscule*
5308.	Camille Laurens	*Romance nerveuse*
5309.	Michèle Lesbre	*Nina par hasard*
5310.	Claudio Magris	*Une autre mer*
5311.	Amos Oz	*Scènes de vie villageoise*
5312.	Louis-Bernard Robitaille	*Ces impossibles Français*
5313.	Collectif	*Dans les archives secrètes de la police*
5314.	Alexandre Dumas	*Gabriel Lambert*
5315.	Pierre Bergé	*Lettres à Yves*
5316.	Régis Debray	*Dégagements*
5317.	Hans Magnus Enzensberger	*Hammerstein ou l'intransigeance*
5318.	Éric Fottorino	*Questions à mon père*
5319.	Jérôme Garcin	*L'écuyer mirobolant*
5320.	Pascale Gautier	*Les vieilles*
5321.	Catherine Guillebaud	*Dernière caresse*
5322.	Adam Haslett	*L'intrusion*
5323.	Milan Kundera	*Une rencontre*
5324.	Salman Rushdie	*La honte*
5325.	Jean-Jacques Schuhl	*Entrée des fantômes*
5326.	Antonio Tabucchi	*Nocturne indien* (à paraître)

5327.	Patrick Modiano	*L'horizon*
5328.	Ann Radcliffe	*Les Mystères de la forêt*
5329.	Joann Sfar	*Le Petit Prince*
5330.	Rabaté	*Les petits ruisseaux*
5331.	Pénélope Bagieu	*Cadavre exquis*
5332.	Thomas Buergenthal	*L'enfant de la chance*
5333.	Kettly Mars	*Saisons sauvages*
5334.	Montesquieu	*Histoire véritable et autres fictions*
5335.	Chochana Boukhobza	*Le Troisième Jour*
5336.	Jean-Baptiste Del Amo	*Le sel*
5337.	Bernard du Boucheron	*Salaam la France*
5338.	F. Scott Fitzgerald	*Gatsby le magnifique*
5339.	Maylis de Kerangal	*Naissance d'un pont*
5340.	Nathalie Kuperman	*Nous étions des êtres vivants*
5341.	Herta Müller	*La bascule du souffle*
5342.	Salman Rushdie	*Luka et le Feu de la Vie*
5343.	Salman Rushdie	*Les versets sataniques*
5344.	Philippe Sollers	*Discours Parfait*
5345.	François Sureau	*Inigo*
5346	Antonio Tabucchi	*Une malle pleine de gens*
5347.	Honoré de Balzac	*Philosophie de la vie conjugale*
5348.	De Quincey	*Le bras de la vengeance*
5349.	Charles Dickens	*L'Embranchement de Mugby*
5350.	Epictète	*De l'attitude à prendre envers les tyrans*
5351.	Marcus Malte	*Mon frère est parti ce matin...*
5352.	Vladimir Nabokov	*Natacha et autres nouvelles*
5353.	Conan Doyle	*Un scandale en Bohême* suivi de *Silver Blaze. Deux aventures de Sherlock Holmes*
5354.	Jean Rouaud	*Préhistoires*
5355.	Mario Soldati	*Le père des orphelins*
5356.	Oscar Wilde	*Maximes et autres textes*
5357.	Hoffmann	*Contes nocturnes*
5358.	Vassilis Alexakis	*Le premier mot*
5359.	Ingrid Betancourt	*Même le silence a une fin*

5360.	Robert Bobert	*On ne peut plus dormir tranquille quand on a une fois ouvert les yeux*
5361.	Driss Chraïbi	*L'âne*
5362.	Erri De Luca	*Le jour avant le bonheur*
5363.	Erri De Luca	*Première heure*
5364.	Philippe Forest	*Le siècle des nuages*
5365.	Éric Fottorino	*Cœur d'Afrique*
5366.	Kenzaburô Ôé	*Notes de Hiroshima*
5367.	Per Petterson	*Maudit soit le fleuve du temps*
5368.	Junichirô Tanizaki	*Histoire secrète du sire de Musashi*
5369.	André Gide	*Journal. Une anthologie (1899-1949)*
5370.	Collectif	*Journaux intimes. De Madame de Staël à Pierre Loti*
5371.	Charlotte Brontë	*Jane Eyre*
5372.	Héctor Abad	*L'oubli que nous serons*
5373.	Didier Daeninckx	*Rue des Degrés*
5374.	Hélène Grémillon	*Le confident*
5375.	Erik Fosnes Hansen	*Cantique pour la fin du voyage*
5376.	Fabienne Jacob	*Corps*
5377.	Patrick Lapeyre	*La vie est brève et le désir sans fin*
5378.	Alain Mabanckou	*Demain j'aurai vingt ans*
5379.	Margueritte Duras François Mitterrand	*Le bureau de poste de la rue Dupin et autres entretiens*
5380.	Kate O'Riordan	*Un autre amour*
5381.	Jonathan Coe	*La vie très privée de Mr Sim*
5382.	Scholastique Mukasonga	*La femme aux pieds nus*
5383.	Voltaire	*Candide ou l'Optimisme. Illustré par Quentin Blake*
5384.	Benoît Duteurtre	*Le retour du Général*
5385.	Virginia Woolf	*Les Vagues*
5386.	Nik Cohn	*Rituels tribaux du samedi soir et autres histoires américaines*
5387.	Marc Dugain	*L'insomnie des étoiles*

5388. Jack Kerouac	*Sur la route. Le rouleau original*
5389. Jack Kerouac	*Visions de Gérard*
5390. Antonia Kerr	*Des fleurs pour Zoë*
5391. Nicolaï Lilin	*Urkas! Itinéraire d'un parfait bandit sibérien*
5392. Joyce Carol Oates	*Zarbie les Yeux Verts*
5393. Raymond Queneau	*Exercices de style*
5394. Michel Quint	*Avec des mains cruelles*
5395. Philip Roth	*Indignation*
5396. Sempé-Goscinny	*Les surprises du Petit Nicolas. Histoires inédites - 5*
5397. Michel Tournier	*Voyages et paysages*
5398. Dominique Zehrfuss	*Peau de caniche*
5399. Laurence Sterne	*La Vie et les Opinions de Tristram Shandy, Gentleman*
5400. André Malraux	*Écrits farfelus*
5401. Jacques Abeille	*Les jardins statuaires*
5402. Antoine Bello	*Enquête sur la disparition d'Émilie Brunet*
5403. Philippe Delerm	*Le trottoir au soleil*
5404. Olivier Marchal	*Rousseau, la comédie des masques*
5405. Paul Morand	*Londres* suivi de *Le nouveau Londres*
5406. Katherine Mosby	*Sanctuaires ardents*
5407. Marie Nimier	*Photo-Photo*
5408. Arto Paasilinna	*Le potager des malfaiteurs ayant échappé à la pendaison*
5409. Jean-Marie Rouart	*La guerre amoureuse*
5410. Paolo Rumiz	*Aux frontières de l'Europe*
5411. Colin Thubron	*En Sibérie*
5412. Alexis de Tocqueville	*Quinze jours dans le désert*
5413. Thomas More	*L'Utopie*
5414. Madame de Sévigné	*Lettres de l'année 1671*
5415. Franz Bartelt	*Une sainte fille et autres nouvelles*
5416. Mikhaïl Boulgakov	*Morphine*

5417. Guillermo Cabrera Infante	*Coupable d'avoir dansé le cha-cha-cha*
5418. Collectif	*Jouons avec les mots. Jeux littéraires*
5419. Guy de Maupassant	*Contes au fil de l'eau*
5420. Thomas Hardy	*Les Intrus de la Maison Haute précédé d'un autre conte du Wessex*
5421. Mohamed Kacimi	*La confession d'Abraham*
5422. Orhan Pamuk	*Mon père et autres textes*
5423. Jonathan Swift	*Modeste proposition et autres textes*
5424. Sylvain Tesson	*L'éternel retour*
5425. David Foenkinos	*Nos séparations*
5426. François Cavanna	*Lune de miel*
5427. Philippe Djian	*Lorsque Lou*
5428. Hans Fallada	*Le buveur*
5429. William Faulkner	*La ville*
5430. Alain Finkielkraut (sous la direction de)	*L'interminable écriture de l'Extermination*
5431. William Golding	*Sa majesté des mouches*
5432. Jean Hatzfeld	*Où en est la nuit*
5433. Gavino Ledda	*Padre Padrone. L'éducation d'un berger Sarde*
5434. Andrea Levy	*Une si longue histoire*
5435. Marco Mancassola	*La vie sexuelle des super-héros*
5436. Saskia Noort	*D'excellents voisins*
5437. Olivia Rosenthal	*Que font les rennes après Noël ?*
5438. Patti Smith	*Just Kids*

*Composition Floch
Impression Novoprint
à Barcelone, le 25 septembre 2012
Dépôt légal : septembre 2012*

ISBN 978-2-07-044958-3./Imprimé en Espagne.

246670